LETTRE

DE

J.-MARIE GUICHARD

ÉDITEUR DES

POÉSIES DE CHARLES D'ORLÉANS

publiées avec l'autorisation

DE M. LE MINISTRE DE L'INSTRUCTION PUBLIQUE

A

M. ***

PARIS

IMPRIMERIE DE E. DUVERGER,

RUE DE VERNEUIL, N° 4.

1842

MONSIEUR,

Après avoir laborieusement transcrit et collationné, comme doit faire tout éditeur zélé, les manuscrits de Charles d'Orléans, le grand poëte du quinzième siècle, le maître de Villon et un peu celui de Marot; après avoir dans une courte introduction apprécié, selon mes faibles forces, le recueil si longtemps perdu que je mettais en lumière; après avoir enfin clos le volume par un glossaire pour l'explication des termes les plus vieillis, je publiai, dans le mois de juillet dernier, les *Poésies de Charles d'Orléans*[1]. Ceci achevé, je me reposais

(1) *Poésies de Charles d'Orléans,* publiées avec l'autorisation de M. le ministre de l'Instruction publique, *d'après les manuscrits des Bibliothèques du Roi et de l'Arsenal*, par J.-Marie Guichard. Paris, *Bibliothèque d'Élite*, 1842, in-12.

doucement, que dis-je? j'oubliais peu à peu le labeur de la veille, déjà courbé sur le labeur du lendemain; lorsque tout à coup j'appris, non sans effroi, l'apparition de la *Note additionnelle!*

Mais vous n'avez pas lu la *Note additionnelle* [1], et je dois vous donner quelques éclaircissements.

M. Champollion a édité, peu de temps après moi, les poésies de Charles d'Orléans, et cette *Note additionnelle* est une très véhémente attaque contre ma très modeste et très paisible publication. Tant mieux! direz-vous, le poëte aux fraîches et mélancoliques images, celui qui, entre tous, a excellé dans la ballade et le rondel, mérite assurément d'être considéré à loisir et sous chacun de ses divers aspects; son livre, après quatre siècles d'oubli, subissant en quelque sorte pour la première fois la grande épreuve de la publicité, a sans doute soulevé quelques-unes de ces hautes questions qui se lient étroitement aux origines de notre vieille

(1) *Note additionnelle de M. Aimé Champollion-Figeac, à son édition des Poésies du duc Charles d'Orléans.* Octobre, 1842, in-8°. L'auteur est employé au département des manuscrits de la Bibliothèque royale.

langue et de notre vieille poésie; l'auteur, j'en suis certain, pénètre au cœur de ces questions; essayez de l'y suivre, ce sera pour vous du moins une étude fructueuse et enseignante. Ah! Monsieur, je vois bien que vous ne connaissez pas mon critique; il ne s'agit dans la *Note additionnelle*, ni du vieux langage, ni des vieux poëtes; mon critique parle de lui, des ouvrages qu'il se propose de publier prochainement, des efforts qu'il a faits déjà pour étendre le domaine de la science et de la littérature; puis annonçant au public son édition de Charles d'Orléans, et la proclamant sans contredit préférable à la mienne, il s'applique à mettre en relief les mérites de son travail, avec ce dévouement empressé et cette chaleur entraînante qu'on apporte à ses propres affaires. Tout cela, je ne saurais le dissimuler, est d'un intérêt fort restreint; aussi n'aurais-je point pris la peine de répliquer à M. Champollion, si M. Champollion, et je le regrette sincèrement, ne s'était pas quelquefois laissé entraîner par son zèle au-delà des bornes prescrites à ces sortes d'innocentes réclames. En effet, l'auteur de la *Note additionnelle* s'exprime à peu près en ces termes, page XLI : « J'ai fait de lumineuses découvertes sur Charles d'Orléans; j'ai mis au jour des documents inédits d'une inestimable valeur pour l'intelligence de ses poésies, et j'ose affirmer (l'auteur ose affirmer, notez cela) que les faits, les dates, etc., qui sont *nouveaux*[1] dans l'introduction de M. Guichard, c'est à mon ouvrage que M. Guichard les a empruntés et sans me citer ! » D'autre part, si j'ai bien compris certaines phrases de mon critique, en publiant, avec l'autorisation de M. le ministre de l'Instruction publique, les manuscrits de Charles d'Orléans, j'aurais violé un droit légitime et sacré ; car ces manuscrits enregistrés, il est vrai, sur les catalogues de la Bibliothèque royale, appartenaient, non pas à la Bibliothèque royale, comme on l'a cru jusqu'ici, mais bien à mon critique. C'est à ces deux paragraphes de la *Note additionnelle* que je viens répondre ; en vérité, je suis honteux d'appeler votre attention sur un si mince sujet ; aussi m'efforcerai-je d'être bref.

Charles d'Orléans, vous ne l'avez pas oublié, se rattache par la forme, la manière et le style de ses productions, à la grande famille des poëtes amoureux ; il a eu des maîtresses, et il les a chantées

(1) Expression textuelle de l'auteur. Voyez la *Note additionnelle*, p. XLI.

aussi gracieusement qu'Horace, mais plus chastement. Fait prisonnier à Azincourt (25 octobre 1415), les vers qu'il composa pendant les premières années de son séjour en Angleterre, lui furent inspirés par le souvenir d'une femme; et cette femme, si nous en croyons mon critique[1], serait Bonne d'Armagnac, la duchesse d'Orléans, « conjecture, ai-je dit, page VI de mon introduction, « que rien dans les manuscrits ne peut autoriser, « et qui tendrait tout simplement à rendre inex- « plicable le tiers des poésies de Charles d'Orléans. » En effet, la femme que le prisonnier a si longtemps célébrée dans ses vers, et dont il a tu discrètement le nom, n'était pas Bonne d'Armagnac; j'ai cité des faits à l'appui de mon opinion, je n'en rappellerai qu'un qui me semble décisif. En 1417, Charles d'Orléans écrivait au duc de Bourbon, son cousin : « *Recommandez moy, sans point l'oublier, à ma Dame*[2]. » Or, en 1417, le poëte pouvait-il envoyer son cousin chez Bonne d'Armagnac, morte en novembre 1415? Toutefois, ce petit anachronisme

(1) Edition des poésies de Charles d'Orléans, publiée par M. Champollion, p. XX.

(2) Voy. mon *Introduction* aux *Poésies de Charles d'Orléans*, p. VIII.

n'a point arrêté mon critique; bien plus, mon critique a fabriqué, de son autorité privée, pour des poésies écrites par Charles d'Orléans en 1417 et 1418, des titres ainsi conçus: BALLADE SUR LA MALADIE DE LA DUCHESSE D'ORLÉANS, BALLADE SUR LA GUÉRISON DE LA DUCHESSE D'ORLÉANS, BALLADE SUR LA MORT DE LA DUCHESSE D'ORLÉANS, etc. Ici, du moins, je me suis bien gardé de rien emprunter à M. Champollion, qui par une légère substitution de personne, fausse la date de deux cents pièces de vers, en dénature le sens, et d'un trait de plume rend à peu près inintelligible le volume qu'il éditait. Poursuivons.

Cette Dame de la ballade au duc de Bourbon, qui a si fort effarouché la pudeur de mon critique, envoyait de France au prisonnier des chansons et des rondels mêlés dans les manuscrits parmi les poésies de Charles d'Orléans, mais que vous trouverez soigneusement indiqués à la page v de mon introduction. Et je n'ai eu dans tout cela que le bien petit mérite de signaler le premier une particularité que le poëte a pris soin de consigner lui-même dans une de ses ballades[1]. Or, j'affirme

(1) Voy. mon *Introduction*, p. VII.

qu'ici je n'ai rien emprunté à M. Champollion qui a compris, un peu légèrement, ces chansons et ces rondels au nombre des chansons et des rondels composés par Charles d'Orléans. Comment mon critique, après avoir lu (on doit du moins le supposer) un livre transcrit et publié par lui, a-t-il pu confondre ainsi les vers de l'amant avec ceux de la maîtresse?

Nous l'avons déjà dit ailleurs, Charles d'Orléans ne faisait pas seulement de charmantes poésies, il faisait aussi des poëtes; et parmi ceux-ci paraît en première ligne François Villon, qui a inséré dans le recueil du maître quatre ballades, dont une seule porte son nom. Ici encore, je suis très certain de n'avoir rien emprunté à mon critique; car mon critique a imprimé deux de ces ballades non signées, en avouant ingénument qu'il n'en connaissait pas l'auteur[1]. Et comme je n'ai jamais eu l'ambition des découvertes, je déclare hautement que tous ceux qui ont lu les œuvres de Villon éditées par M. Prompsault[2], ont trouvé, ainsi que moi, les

(1) Edit. de M. Champollion, p. 443.

(2) *Œuvres de Villon,* publiées par M. Prompsault. Paris, 1832, in-8°.

deux ballades citées à la fin du volume[1]. J'ajouterai que M. Prompsault a tiré ces mêmes ballades des manuscrits de Charles d'Orléans collationnés, il y a quelques mois, par M. Champollion.

Mon critique attribue les chansons et les rondels signés *Clermont* ou *Bourbon*, à Jean Ier, duc de Bourbon, le prisonnier d'Azincourt[2]. Je ne crois pas avoir ici rien emprunté à M. Champollion; au contraire, j'ai fait remarquer que ces poésies, écrites en France après le retour de Charles d'Orléans, c'est-à-dire après l'année 1440, étaient de Jean II, duc de Bourbon, et non pas de son grand-père, Jean Ier, mort à Londres en 1433[3]. Du reste, ces trois générations, confondues les unes avec les autres, ont mené loin mon critique; car, en publiant un rondel où le petit-fils, qui ne fut jamais prisonnier des Anglais, se plaint avec un désespoir burlesque des cruautés *d'une sans per*[4],

(1) Voy. mon *Introduction*, p. XII.

(2) Edit. de M. Champollion, p. 425-427.

(3) Voy. mon *Introduction*, p. XIII.

(4) Voici le premier vers de ce rondel :

Je gis au lit d'amertume et doleur.

Voy. mon édition, p. 383.

M. Champollion, prenant au sérieux cette douleur ironique, s'écrie tristement : « Rien de plus touchant que les vers qu'il (le grand-père de l'auteur « du rondel) écrivit dans ses derniers moments sur « la terre étrangère [1]. »

Une copie moderne des poésies de Charles d'Orléans, conservée à la bibliothèque de l'Arsenal, porte sur ses marges de nombreuses annotations. Ici encore, je n'ai certes rien emprunté à M. Champollion, car j'ai dit que ces notes (dont M. Champollion ignorait l'auteur [2]) étaient de La Curne de Sainte-Palaye [3]. Vous aurez d'autant plus de peine à excuser cette petite inadvertance de mon critique, que la Bibliothèque royale possède des manuscrits de Sainte-Palaye, et que son écriture semblait devoir être familière aux personnes attachées à la Bibliothèque, et vouées aux études de la paléographie érudite.

Les scribes qui ont copié les manuscrits de Charles d'Orléans ont souvent omis de noter, en tête des pièces, le nom des auteurs ; de là, un extrême embarras pour découvrir, avec quelque certitude,

(1) Edit. de M. Champollion, p. 425.

(2) Edit. de M. Champollion, p. XXXI.

(3) Voy. mon *Introduction*, p. XVIII et XIX.

ce qui appartient à chaque poëte. Mais mon critique a vaincu aussitôt la difficulté, au moyen d'une règle de son invention et qu'il considère comme sûre et constante dans ses effets[1]. « Charles d'Orléans, dit-il, était prince du sang royal de France, ainsi les ballades portant à l'*Envoi* le mot *Prince*, sont de ses collaborateurs et jamais de lui. » Ici encore, je me suis bien gardé de rien emprunter à M. Champollion, qui, fort de « cette règle sûre et constante dans ses effets, » enlève au poëte quelques-unes de ses plus charmantes inspirations[2]; j'ai dit que ce mot *Prince* était employé indistinctement par nos vieux faiseurs de ballades comme une formule de convention. J'ai cité Villon, et Charles d'Orléans lui-même[3], et j'en pourrais citer bien d'autres; mais je renonce à persuader un critique qui aime mieux nier toute la poésie

(1) Edit. de M. Champollion, p. XXXIX.

(2) Voy. mon *Introduction*, p. XVI.

(3) Un dizaine de ballades, dont Charles d'Orléans est l'auteur, portent à l'*Envoi* le mot *Prince*. Voyez mon édition, p. 100, 103, 108, 109, 110, 111, 158, 165, 166. Mon critique, qui suit le manuscrit de Grenoble aveuglément, et jusque dans ses imperfections, a jugé convenable de supprimer le mot *Prince* dans plusieurs de ces ballades.

du quinzième siècle, y compris celle qu'il a éditée, que d'abandonner une erreur. Je me bornerai à signaler, pour vous seulement, un traité de versification française, composé par Henry de Croy et imprimé à Paris en 1493, sous le titre de : *Lart et science de rhethorique pour faire rigmes et ballades*. « Ballade commune, dit l'auteur, fol. V, recto, « doit avoir refrain et trois couplets et renvoy de « *Prince*. » Accordez, je vous y engage, une confiance pleine et entière au témoignage de Henry de Croy, quelles que soient d'ailleurs les dénégations de mon critique.

Vous voyez, Monsieur, ce que j'ai emprunté jusqu'ici à M. Champollion; cependant je suis loin d'avoir tout avoué, et si vous prenez la peine de relire mon introduction, vous y trouverez encore de nombreux emprunts que je passe sous silence. En effet, mon critique n'est jamais d'accord avec moi, ni moi avec lui ; et nous avons sur toutes choses une manière de voir opposée l'une à l'autre. Voici le jugement de M. Champollion sur le petit poëme qui ouvre notre recueil : « Rien n'est plus « gracieux et plus spirituel que l'élégie dans la- « quelle il (Charles d'Orléans) retrace lui-même

« les premières années de son enfance[1]. » Moi, je n'ai pas craint d'appeler cette élégie gracieuse et spirituelle une froide narration[2] ; et vous serez peut-être de mon avis après l'avoir lue. Selon mon critique, la ballade : *Priez pour paix, doulce vierge Marie*, est une des plus jolies[3], et la *complainte de France*, un des meilleurs ouvrages de notre poëte[4]. Moi, j'ai placé ces deux morceaux au dernier rang; Charles d'Orléans, ai-je dit, n'avait ni la mâle éloquence, ni la verve puissante qu'il faut pour de tels sujets[5] ; et depuis mon opinion n'a pas changé. Mais je ne finirais pas, si je voulais énumérer tous mes emprunts.

Maintenant que j'ai dévoilé naïvement une faible partie de mes condamnables larcins, laissez-moi vous apprendre les découvertes faites par mon critique dans les cartons de la Bibliothèque royale, découvertes qu'on ne saurait m'accuser de lui avoir empruntées, et dont je lui laisse assuré-

(1) Edit. de M. Champollion, p. iij.

(2) Voy. mon *Introduction*, p. iv.

(3) Edit. de M. Champollion, p. vii.

(4) *Ibid.*, p. xvii.

(5) Voy. mon *Introduction*, p. viii.

ment tout l'honneur. Voici le premier *document inédit* de la notice de M. Champollion.

Après avoir raconté la naissance de Charles d'Orléans, mon critique ajoute : « L'écuyer panetier de la duchesse d'Orléans porta à la reine la « nouvelle de l'heureuse délivrance de la mère du « prince, et il reçut en cadeau, à cette occasion, « deux cents livres d'or. » Et en note : « Quittance de l'écuyer panetier[1]. » Voilà, à coup sûr, une révélation piquante, et qui illumine d'une façon toute nouvelle la vie et les écrits du poëte.

A la page iij, nous assistons aux noces de Charles d'Orléans et d'Isabelle sa première femme, célébrées à Compiègne en 1406. « Louis d'Or-« léans, dit mon critique, s'y montra couvert de « vêtements d'une richesse éblouissante[2] » Et en note : « La pièce suivante en donnera une idée. » Suit la pièce. Grâce à ce second document, qui avait manqué jusqu'ici à l'intelligence des œuvres du poëte, nous savons aujourd'hui, à n'en pas douter, que Louis d'Orléans fit confectionner, à l'occasion du mariage de Charles, son fils, *deux houppelandes*, *l'une longue de veloux figuré*

(1) Edit. de M. Champollion, p. ij.

(2) *Ibid.*, p. iij.

cramoisy et l'autre à IIII *jambe de drap velu tanne,* etc.

A la page IV de la même notice, mon critique signale, parmi les richesses de la Bibliothèque, une «Quittance originale de Louis de Montjoye, avec signature autographe, datée du IXe jour de décembre 1408.» J'ignore si vous serez plus heureux que moi ; jamais je n'ai pu saisir la relation qui existait entre cette Quittance originale et les œuvres du poëte. Toutefois à la page IX, les lecteurs seront informés, toujours d'après des documents inédits, qu'en juillet 1439, Charles d'Orléans acheta 108 tonneaux de vin du cru pour régaler des ambassadeurs.

Enfin à la page XI, l'auteur, à propos du retour de notre poëte dans sa patrie, dit : « Nous publie- « rons aussi tous les détails de ses voyages, les « villes qu'il parcourut et les dépenses en cadeaux, « nourriture, etc., qu'il fit avec toute sa suite, les « noms des seigneurs qui composaient son cor- « tége, etc. » Certes, Monsieur, il ne m'appartient pas de juger les travaux déjà publiés ou encore inédits de mon critique ; néanmoins, ces quittances originales et ces comptes de nourriture, documents sans contredit nouveaux, ne jetteront peut-être pas sur les compositions si gracieuses de Charles d'Orléans toute la clarté que mon critique semble en attendre.

« Lorsqu'on écrit la vie d'un poëte, ai-je dit « dans mon Introduction, on interroge curieuse- « ment ses vers, on y découvre les secrets de sa « pensée, on aime à suivre les impressions les plus « fugitives de son âme, et on saisit le caractère qui « leur appartient. C'est là une étude attrayante et « pleine d'enseignements imprévus. Sans doute, « nous pourrions raconter ici le meurtre de Louis « d'Orléans, épisode sanglant qui domine tout le « règne de Charles VI ; nous pourrions suivre pas « à pas les péripéties diverses de cette guerre de « parents à parents, où les uns s'appelaient Arma- « gnacs, les autres Bourguignons, ceux-ci Cabo- « chiens et ceux-là Écorcheurs ; mais ces récits se « trouvent partout, l'histoire abonde en matériaux « de toute sorte, et il serait facile de grouper au- « tour de Charles d'Orléans des volumes de pièces « inédites ou déjà publiées. Le prince et le chef de « parti sont connus, nous cherchons le poëte, etc.[1] » Tel est en peu de mots le système bon ou mauvais

(1) Voy. mon *Introduction*, p. ij.

que j'ai suivi. Pendant que mon critique faisait des découvertes dans les cartons de la Bibliothèque, moi, Monsieur, je lisais et relisais le poëte, je l'étudiais avec zèle ; et si j'ai dit du *nouveau*, pour me servir du mot trop ambitieux de la *Note additionnelle*, croyez bien que ce n'est pas aux documents inédits de M. Champollion que j'en suis redevable, mais bien à mon application, à une lecture attentive et persévérante des manuscrits que j'éditais.

En vérité, cette fougueuse et virulente attaque est pour moi quelque chose de si inattendu, que je me demande avec anxiété où sont les nombreux passages de ma notice empruntés à l'ouvrage de mon critique; car il faut constater ici que l'auteur de la *Note additionnelle* ne désigne nulle part les emprunts dont il m'accuse. Serait-ce parce que j'ai dit, comme lui, que Charles d'Orléans était né en 1391, qu'il avait épousé trois femmes, qu'il était mort le 4 janvier 1465? Mais en conscience mon critique est-il le seul qui puisse consulter *l'Art de vérifier les dates, l'Histoire de la maison de France par les* frères Saincte-Marthe, les *Acta publica* de Rymer, le *Cours de littérature française* de M. Villemain, et autres livres qui sont sous la main de chacun?

Sans doute je n'ai pas inventé la vie de Charles d'Orléans, j'ai pillé les écrivains que je viens de nommer, et d'autres encore; j'ai même eu l'audace de prendre à M. Villemain une appréciation du poëte, qui m'a paru pleine de vérité et de bon goût. Néanmoins ma conscience est fort tranquille, car, si j'ai bonne mémoire, j'ai eu le soin d'indiquer en note les sources auxquelles je puisais. Mais, direz-vous, pourquoi aussi n'avoir pas cité M. Champollion? Mais, répondrai-je, pourquoi citer M. Champollion, puisque je n'ai rien emprunté à M. Champollion?

Vous ne vous méprendrez pas, Monsieur, sur l'objet de ma lettre; je ne viens point ici engager une polémique. Que mon critique déclare lui-même que son édition l'emporte sur toutes les autres, par la pureté des textes, le style élégant de la notice préliminaire, l'esprit et le choix des remarques; qu'il affirme au contraire que mon édition est pleine de vices, de désordres et d'erreurs. Tout cela est pour ainsi dire son affaire et non pas la mienne. En célébrant ainsi sa propre louange dans un écrit qui porte son nom, mon critique pourra froisser quelques lecteurs délicats, encore peu façonnés à certains usages; mais ceci ne me regarde pas. Le public, en supposant pour un instant que le public s'occupe de M. Champollion ou de moi, le public, dis-je, appréciera la critique impartiale de mon critique; et ce même public pensera peut-être qu'il est peu séant à M. Champollion de juger le travail de M. Champollion ou celui de son concurrent. Pour moi, Monsieur, je défends ma probité littéraire et non pas mon habileté d'éditeur. L'auteur de la *Note additionnelle* ose affirmer que je lui ai emprunté sournoisement le fruit de ses veilles, ses découvertes inédites, et il ne cite aucun fait à l'appui de cette inconcevable assertion. Or, j'ai dû vous montrer, d'une part les documents mis en lumière par mon critique, et de l'autre, j'ai dû vous faire remarquer que mes appréciations différaient trop de celles de ce même critique, pour qu'on puisse y découvrir les moindres traces d'un emprunt. J'ai lu le texte publié par M. Champollion, j'ai lu ses remarques philologiques, mais je ne ferai point ce que beaucoup d'autres moins scrupuleux feraient à ma place, je garderai le silence[1]; car mon critique ne m'a pas encore accusé de lui avoir emprunté son texte et ses remarques philologiques. Les

(1) Je dois dire que M. Champollion n'a pas imité ma

anachronismes et les fausses attributions à l'aide desquels mon critique défigure gratuitement les vers si naïfs du poëte, et que j'ai rapportés plus haut, je les avais à peine indiqués dans les notes de mon Introduction, et cela sous une forme dubitative[1]. M. Champollion imprime deux ballades déjà publiées de Villon, il n'en sait pas l'auteur; et moi, Monsieur, par égard pour M. Champollion, j'avais tu soigneusement cette incroyable négligence[2]. M. Champollion lit, sans doute trop à la hâte, les notes du manuscrit de l'Arsenal, il ne reconnaît Sainte-Palaye, ni à son écriture, ni aux titres de ses ouvrages; et moi, pour atténuer ce que la publicité de cette autre négligence pouvait avoir de désagréable pour M. Champollion, je me contentai de rapporter le juge-

réserve sur ce point; il a au contraire signalé mes erreurs paléographiques avec un soin minutieux et une recherche infinie (*Note additionnelle*, p. LIII et LIV); et comme mon critique ne peut pas être taxé d'indulgence envers moi, je ne puis me défendre, dans ma vanité d'éditeur, d'un certain mouvement de satisfaction que je vous prie de me pardonner. En effet, mon critique m'a appris que, dans un volume de 436 pages, collationné sur six manuscrits, j'avais commis deux fautes de lecture, et l'une de ces deux fautes est une lettre retournée.

(1) Voy. mon *Introduction*, p. v.

(2) *Ibid.*, p. XII.

ment un peu sévère de mon critique sur ces notes. Je n'ai cité qu'une des fautes de lecture échappées à M. Champollion, j'y étais en quelque sorte contraint[2], et cette citation est la seule que je me sois permise. Eh bien! l'auteur de la *Note additionnelle* me reproche aussi d'avoir manqué de bienveillance et d'équité à son égard[3]. Je veux, en terminant, mettre sous vos yeux quelques exemples de la critique franche, loyale et éclairée dont M. Champollion a usé envers moi.

J'ai publié toutes les pièces contenues dans les manuscrits que j'éditais; M. Champollion, au contraire, a fait un choix; supprimant, un peu selon sa fantaisie, tantôt les poésies de Charles d'Orléans, tantôt celles de ses collaborateurs. Or, vous devinez sans peine que mon critique approuve hautement sa manière et qu'il condamne la mienne sans miséricorde. Aussi dit-il, à la page XLV de la *Note additionnelle* : « On demandera peut-être ensuite à « M. Guichard ce que l'histoire littéraire de la « France avait à gagner à une publication surchar-

(1) Voy. mon *Introduction*, p. XIX.

(2) Voy. mon *Introduction*, p. XVII.

(3) *Note additionnelle*, p. XLI.

« gée de vers dont les auteurs ne sont, selon sa « propre opinion, rien moins que poëtes, et dont « les compositions, selon lui encore, sont diffuses « et pleines de vers barbares[1]. » Je vois bien que mon critique a oublié de lire la page XVII de mon Introduction ; là, j'explique, je crois clairement, le plan que j'ai suivi pour l'impression des manuscrits ; et j'indique de plus les motifs qui m'ont engagé à adopter ce plan plutôt qu'un autre. En d'autres termes, je réponds pour ainsi dire d'avance à cette question que m'adresse aujourd'hui mon critique, comme si je n'y avais pas répondu, ce qui me paraît peu équitable.

J'ai dit, pag. IV de mon Introduction : « Chalvet a édité en 1803 les poésies de Charles « d'Orléans, d'après le manuscrit incomplet qui est « conservé à la bibliothèque de Grenoble. Notre « édition est la seconde, ou si l'on veut la première, « et pour mieux dire la seule qui offre d'une part « toutes les poésies de Charles d'Orléans, et de « l'autre celles de ses collaborateurs ; elle a paru

(1) Fraigne et Boulainvilliers faisaient des vers aussi charmants que ceux de Charles d'Orléans. Voy. mon *Introduction*, p. XIV et XVII.

« en deux livraisons, d'abord le texte, ensuite l'in-« troduction et le glossaire. Dans l'intervalle de « temps qui s'est écoulé entre ces deux publica-« tions, M. Aimé Champollion-Figeac, de la Bi-« bliothèque royale, etc., a mis au jour une troi-« sième édition du même livre[1]. » Peut-être, ce passage vous paraîtra-t-il intelligible, mais il n'en a pas été de même pour l'auteur de la *Note additionnelle*, et ce n'est qu'après un commentaire de deux pages[2] qu'il a fini par découvrir, comme si je l'avais tenu caché, que mon Introduction avait paru après son édition. « Une date à la fin de « cette Introduction, ajoute mon critique cour-« roucé, aurait épargné les embarras de cette « énigme bibliographique aux futurs éditeurs; mais « c'est là sans doute un oubli et non pas un calcul[3]. »

(1) Le texte de mon édition a été publié le 18 juillet ; l'Introduction et le Glossaire, achevés d'imprimer le 25 août, ont été mis en vente le 4 septembre. L'édition de M. Champollion est annoncée au *Journal de la Librairie* dans le numéro du 30 juillet ; le Glossaire qui doit accompagner cette édition n'a pas encore paru. Mon critique n'eût-il pas mieux fait de terminer ce Glossaire promis depuis quatre mois au public, que d'écrire péniblement une petite brochure contre moi?

(2) *Note additionnelle*, p. XXXIX et XL.

(3) Ibid., p. XLI.

Maintenant, devinez, si vous pouvez, quel devait être mon calcul en mettant, ou ne mettant pas de date à mon Introduction. Mais n'aurai-je pas aussi le droit de demander à un critique si vétilleux l'explication d'une date que je lis à la fin de sa notice préliminaire ? Dans cette notice, l'auteur, sans me nommer, a inséré néanmoins quelques phrases désobligeantes que lui avait suggérées l'examen du texte de mon édition. Cependant, remarquez bien la singularité du fait : la notice de mon critique est datée du 10 juillet, et mon édition n'a paru que le 18. Est-ce là un calcul, ou une méprise ?

J'ai osé prétendre que le manuscrit de Grenoble était incomplet, qu'il offrait de fâcheuses lacunes, et que le nom des auteurs des poésies ne s'y trouvait jamais mentionné[1]. Or, M. Champollion, qui n'a pas assez de louanges pour le manuscrit de Grenoble[2], dit à la page XLII de la *Note additionnelle* : « M. Guichard met ce même manuscrit « au dernier rang, malgré qu'il ne l'ait jamais vu. »

(1) Voy. mon *Introduction*, p. XIX.

(2) Vous pourrez peut-être expliquer mieux que moi une petite contradiction que je crois avoir remarquée chez mon critique. La voici : M. Champollion, qui semble réserver son estime et ses admirations uniquement pour le manuscrit très

Je n'ai pas mis le manuscrit de Grenoble au dernier rang, et je maintiens ce que j'en ai dit, *malgré que*, pour parler la langue singulière de mon critique, je ne l'aie jamais vu. Ce manuscrit ne contient aucune poésie de Charles d'Orléans postérieure à l'année 1453; les auteurs n'y sont jamais nommés, et enfin, il y a des *lacunes* très fâcheuses que M. Champollion a pris *lui-même* la peine de nous faire connaître.

A la page 427 de l'édition de M. Champollion, je lis la note suivante : « Les quatre derniers vers « de cette strophe manquent dans le manuscrit de « Grenoble. La place qu'ils devaient occuper est « restée en blanc. On en trouve, toutefois, la tra- « duction latine d'Antoine Astezan. Nous les pu- « blions d'après les manuscrits de Paris. »

A la page 428, je lis une autre note, ainsi conçue : « Dans le manuscrit La Vallière on trouve au « bas du feuillet qui contient ce rondeau les quatre « vers suivants, qui ne sont pas dans les autres

incomplet de Grenoble, donne néanmoins, presque toujours, la préférence au texte du manuscrit de Paris. (*Voyez* l'édition de M. Champollion, notes 1, 2, 5, 6, 8, 11, 12, 13, 14, 15, 17, 18, 20, 22, 25, 26, 29, 31, 34, 38, 42, 43, 44 et 48.)

« manuscrits. » Et par conséquent, ajouterai-je, qui manquent dans celui de Grenoble.

A la page 437 (note 48), je lis : « Ce vers « manque dans le manuscrit de Grenoble ; on « le trouve dans ceux de Colbert et de La Val« lière. »

Eh bien ! Monsieur, mon critique dit, à la page XLIII de la *Note additionnelle*, ce qui suit (je cite textuellement) : « M. Guichard SUPPOSE des lacu« nes fâcheuses, ce qui veut dire des vides, des « omissions, dans le recueil de ces poésies. NOUS « AFFIRMONS QU'IL N'Y EN A POINT. » Ceci est un nouvel exemple qui doit vous tenir en garde contre les affirmations trop souvent hasardées de mon critique.

« Le classement des poésies adopté par M. Gui« chard est essentiellement vicieux ; mais tel il de« vait être en se conformant aveuglément au texte « du manuscrit La Vallière, etc., etc. » Ce long passage de la *Note additionnelle* que vous trouverez à la page LIV, est un de ceux où l'auteur censure mon travail avec la plus impitoyable sévérité, et, je puis le dire, avec la plus flagrante injustice. Je me suis conformé, pour le classement des poésies, non pas au *manuscrit La Vallière*, mais bien au *manuscrit Colbert*, et j'ai consigné le fait à la page XIX de mon Introduction. Ici, en vérité, je n'ai rien à ajouter; car décidément M. Champollion n'a pas prétendu élever sa brochure à la hauteur de la plus minime polémique littéraire ou érudite; et la forme de cette critique est telle que, je l'avouerai avec franchise, il me serait impossible d'y répondre sérieusement.

Passons à ce que j'appellerai le second paragraphe de la *Note additionnelle*.

Lorsque les *Poésies de Charles d'Orléans* furent annoncées dans les prospectus de la *Bibliothèque d'Élite*, comme devant paraître prochainement, mon critique, qui eut connaissance de cette annonce à laquelle il n'avait pris aucune part, alla trouver le libraire-éditeur, et lui exprima le désir d'être chargé de la publication. Des lettres furent écrites, diverses propositions furent faites, mais toutes ces démarches échouèrent; car le libraire-éditeur était trop honnête homme pour oublier ses engagements avec moi.

Lorsque je me présentai au département des livres manuscrits de la Bibliothèque royale pour obtenir communication des poésies de Charles d'Orléans, on me répondit que mon critique, ayant formé, à différentes époques, le projet d'éditer ces poésies, avait eu la précaution d'emporter chez lui les manuscrits. A mon grand étonnement, j'appris aussi que depuis quelques années, la lecture d'un des plus admirables poëtes de notre langue était pour ainsi dire interdite au public, et surtout à ceux qui, comme moi, nourrissaient le criminel dessein de multiplier les œuvres de ce poëte par la voie de l'impression Mais, fis-je observer timidement, les livres de la Bibliothèque royale sont la propriété de l'État et non pas celle d'un particulier; je n'ai jamais eu la pensée d'empêcher M. Champollion, ni personne, de publier les poésies de Charles d'Orléans; que M. Champollion les publie, très bien! mais qu'il ne m'empêche pas de les publier aussi, car c'est le droit de chacun. Loin de se nuire, les deux éditions seront au contraire un bienfait pour les lecteurs qui recevront ainsi la lumière de deux côtés, et qui pourront, à l'aide de l'un, rectifier les erreurs de l'autre. Charles d'Orléans, dis-je encore, est une des gloires de notre littérature, et en voulant donner à ses vers une publicité qu'ils méritent à si juste titre, ne fais-je pas un effort digne d'encouragement? enfin, ajoutai-je, j'ai promis au libraire-éditeur de la *Bibliothèque d'Élite*, les poésies de Charles d'Orléans, j'ai entrepris dans ce but un long et pénible travail; que M. Champollion, en retenant pour lui seul une propriété que jusqu'ici j'avais cru commune à tous, ne me fasse pas perdre le fruit de mon labeur et qu'il ne me contraigne pas de manquer à mes engagements. Ces observations furent inutiles, et je ne pus jamais tirer des mains de mon critique les manuscrits de Charles d'Orléans.

J'adressai au conservatoire chargé d'administrer la Bibliothèque royale, une lettre par laquelle je demandais à M. le ministre de l'Instruction publique l'autorisation de publier les manuscrits de Charles d'Orléans. Le conservatoire accueillit ma demande favorablement, la transmit au ministre qui, quelques jours après, envoya à M. le directeur de la Bibliothèque royale l'autorisation que j'avais sollicitée.

Jugez donc, Monsieur, combien je suis coupable: je fais un marché avec un libraire pour éditer un volume de poésies; le libraire, fidèle à sa parole, a la cruauté de ne pas accepter un travail que M. Champollion vient offrir de faire à ma place; puis voici M. le ministre de l'Instruction publique et le conservatoire de la Bibliothèque royale qui décident d'un commun accord que les manuscrits de l'État appartiennent non pas seulement à M. Champollion, mais un peu à tout le monde.

Maintenant vous croyez que j'ai emporté sous mon bras les manuscrits de Charles d'Orléans. Oh! non, Monsieur, et vous allez connaître ici toute ma perfidie. On me propose d'alterner avec M. Champollion, qui venait enfin de découvrir un libraire, la jouissance des manuscrits de notre poëte. Eh bien! moi, qui, en vertu de mon autorisation ministérielle, avait sans contredit le droit de refuser net cette proposition, je l'acceptai au contraire avec empressement. Oui, Monsieur, n'ayant jamais considéré les poésies de Charles d'Orléans comme ma propriété privée, j'ai eu le plaisir de communiquer à mon critique ces mêmes manuscrits qu'il m'avait si obstinément refusés; en d'autres termes, c'est *moi* qui ai prêté à M. Champollion des manuscrits sans lesquels il ne pouvait pas imprimer une page de son volume, et c'est M. Champollion qui m'accuse aujourd'hui d'être venu troubler sa publication [1]. Il faut convenir que cela est un peu fort.

(1) Voy. la *Note additionnelle*, p. LVII.

Vous me dispenserez, Monsieur, de continuer cette insipide réponse ; car de telles discussions sont toujours étroites, stériles, et sans profit pour l'art littéraire. Tantôt M. Champollion me reproche gravement[1] de n'avoir pas noté de quelle églogue de Virgile était tiré un vers que je cite en passant[2], quand la pièce et le vers que j'indique, veuillez bien le remarquer, sont imprimés depuis dix ans[3]. Tantôt, M. Champollion prend la peine d'expliquer au public les puissants motifs qui l'ont engagé à supprimer, au bout de je ne sais quel hémistiche[4], une virgule que moi, son infortuné rival, j'ai eu la très coupable imprudence de laisser subsister. Ailleurs, mon critique me fait un crime irrémissible de n'avoir pas consulté le manuscrit de Grenoble ; mais ce précieux manuscrit, dirai-je à mon critique, était entre vos mains, et je ne sache pas que vous m'en ayez offert la communication. Puis enfin je n'ai pas surpris la bonne foi du lecteur : j'ai annoncé une édition publiée d'après les manuscrits de Paris, et

(1) *Note additionnelle*, p. XLVI.

(2) Voy. mon *Introduction*, p. XII.

(3) Edit. de Villon, publiée par M. Prompsault, p. 469-479.

(4) *Note additionnelle*, p. LV.

non pas d'après ceux de Grenoble ou de Carpentras.

J'ai dit que le manuscrit ancien de l'Arsenal était incomplet et qu'il m'avait fourni quelques leçons utiles[1]. « M. Guichard, répond mon critique, fait grand cas du manuscrit ancien de l'Arsenal qui est un des plus incomplets qui existent[2]. »

J'ai imprimé les trois ballades non signées de Villon en une seule[3], elles sont ainsi réunies dans le manuscrit, et j'ai voulu reproduire ici, comme toujours, l'ordonnance du recueil avec une exactitude scrupuleuse, me réservant, chose à laquelle je n'ai pas manqué[4], de noter dans mon Introduction cette petite particularité. Or, M. Champollion a imprimé, sans s'apercevoir le moins du monde de sa méprise, deux de ces ballades en une seule ballade[5]; et c'est moi qui lui ai appris cette légère confusion[6]. Vous pensez que pour cette fois mon critique se tient pour battu; détrompez-vous, l'auteur de la *Note additionnelle* possède des ressources sans nombre, et jamais, au

(1) Voy. mon *Introduction*, p. XVIII (n° 4).

(2) *Note additionnelle*, p. XLV.

(3) Voy. mon édition, p. 124-127.

(4) Voy. mon *Introduction*, p. XII.

(5) Edit. de M. Champollion, p. 213-217.

(6) Voy. mon *Introduction*, p. XII.

contraire, il n'a été plus triomphant : « M. Guichard, dit-il fièrement, a imprimé par erreur, ainsi que moi, deux ballades de Villon en une seule[1]. » Voilà, Monsieur, comment un véritable critique sait se défendre.

M. Champollion qui a enfin daigné lire les annotations du manuscrit de l'Arsenal par Sainte-Palaye, les commente et les analyse curieusement ; que dis-je ? il les considère aujourd'hui comme son bien à lui ; et, touchante réciprocité du commerce des lettres, il m'instruit à son tour des ingénieuses remarques que lui suggère sa lecture. Puis il s'écrie : « Ah ! c'est Sainte-Palaye qui vous a tout révélé, c'est lui qui vous a dit que les deux ballades de Villon que j'ai publiées, à mon insu, étaient de Villon, » et, ajoute mon critique indigné, « vous n'avez pas nommé Sainte-Palaye[2]. » Hélas ! répondrai-je à mon critique, je n'ai pas nommé Sainte-Palaye, car les ballades de Villon tirées des manuscrits de Charles d'Orléans sont imprimées depuis l'année 1832 dans l'édition de M. Prompsault que j'ai citée[3], et je n'ai jamais eu

(1) *Note additionnelle*, p. XLVI.

(2) Voy. la *Note additionnelle*, p. XLVI, XLVII et XLVIII.

(3) Voy. mon *Introduction*, p. XII.

la prétention de m'attribuer la découverte de M. Prompsault, non plus que celles de mon critique.

A la page XL, M. Champollion vous informera qu'il était *légalement autorisé* à conserver chez lui les manuscrits de Charles d'Orléans. Or, comme mon autorisation était signée par M. le ministre de l'Instruction publique, vous me permettrez de ne pas revenir sur ce point.

A la page dernière de la *Note additionnelle*, l'auteur, à qui j'ai si obligeamment prêté mes manuscrits, se plaint néanmoins d'avoir eu à lutter contre une *action occulte*. Il me semble, toutefois que les délibérations du conservatoire de la Bibliothèque royale et les décisions ministérielles n'ont rien d'occulte.

Après avoir dit que tout ce que ma publication contenait de *nouveau*, je l'avais emprunté à son ouvrage, mon critique déclare modestement, à la page LVI, qu'il est tout disposé à reconnaître les mérites de mon travail. Je ne puis pas, en bonne conscience, prendre pour moi cette bienveillante parole.

A la page XLVI, l'auteur de la *Note additionnelle* repousse Villon, auquel, vous et moi, nous avions jusqu'ici accordé quelque talent, dans les rangs inférieurs, sous le rapport de l'invention, et dans les derniers, en fait de bon goût et de bon langage.

Quelques lignes plus bas, c'est Boileau qui s'est permis de parler des vieux poëtes français sans les connaître.

Enfin, à la page suivante, l'auteur foudroie l'érudition de Sainte-Palaye qu'on a cru trop longtemps un savant homme.

Villon, Boileau et Sainte-Palaye, direz-vous, sont morts, et ils ne peuvent par conséquent répondre à M. Champollion; tant pis pour eux, Monsieur, qu'ils succombent sous les terribles coups de mon critique! je ne veux pas m'en mêler ; j'ai eu assez de peine à me défendre moi-même.

Agréez, etc.,

J.-MARIE GUICHARD.

Paris, le 20 décembre 1842.

www.ingramcontent.com/pod-product-compliance
Ingram Content Group UK Ltd.
Pitfield, Milton Keynes, MK11 3LW, UK
UKHW020947220726
13924UKWH00002B/539